Gedankenfreiheit

Gedankenfreiheit

Kurzgeschichten von **Ulli Harth**
Illustrationen von **Dietmar Schwenck**

Bibliografische Information der Deutschen Nationalbibliothek
Die Deutsche Nationalbibliothek verzeichnet diese Publikation
in der Deutschen Nationalbibliografie; detaillierte bibliografische
Daten sind im Internet über http://dnb.d-nb.de abrufbar.

© 2016 Ulli Harth (Kurzgeschichten) und
Dietmar Schwenck (Illustrationen)
Umschlagdesign, Satz, Herstellung und Verlag:
BoD – Books on Demand
ISBN 978-3-7392-9492-6

„… dass man bestimmte Dinge, die besonders ernst sind, fast nur scherzhaft sagen kann; denn nur so hält man sie aus." *Odo Marquard*

„Er hatte die heitere Wurzel der ernsten Dinge entdeckt und endlich erfahren, dass es wirklich dreibeinige Katzen gibt und vierblättrigen Klee."
Aquilino Duque

Ulli Harth – Jugendbildnis
(Ölgemälde von D. Schwenck)

Inhalt

Gedankenfreiheit
Herr Kolkrabe *9*
Eine Gedankenfreiheit *11*
Über Techniken des Mundöffnens *15*
Wenig befremdliche Begegnungen *17*
Beiträge gegen die Bevölkerungsexplosion *21*
Eine vorzeitige Auseinandersetzung *23*
Ein Maler *27*
Mehr als bloß Verfolgungswahn *29*
Eine ganz schöne Kette
aus Missverständnissen *31*
Die Lage des Verbrechens *35*
Die Verschleppung der Gesundheit *37*
Wettereinsichten des Ferdinand Frolts *41*
Das Romanvorhaben *45*
Karriere eines Künstlers *47*

Anhang
Ulli Harth *53*
Dietmar Schwenck *55*

Herr Kolkrabe

Herr Kolkrabe – er hieß wirklich so, obwohl es ihn gar nicht gibt – Herr Kolkrabe also war ein eingefleischter und, man mag es glauben oder nicht, vielgefiederter Schwarzfahrer. Kamen Kontrolleure krächzte er sie an und flog, was recht unwahrscheinlich klingen mag, einfach auf einen anderen Platz und so fort. Sah man Herrn Kolkrabe, meinte man unwillkürlich, es mit einer dunklen, ja finsteren Kreatur zu tun zu haben. In Wirklichkeit war er leichtsinnig bis zur puren Existenzaufhebung, und zwar schon seit der Zeit, als er seinen Traum vom Fliegen wahr machen durfte. Dass er seine Nächte auf Bäumen zubringen soll, hat bisher noch keiner gesehen, zumal Herr Kolkrabe nicht gerade als Klettermaxe bekannt ist. Doch seine Leidenschaft war nun einmal das Schwarzfahren, worin er es zu einer Meisterschaft gebracht hatte, die alle anderen bei weitem zu überflügeln verstand, ja er konnte völlig unerkannt schwarzfahren, sich einen feuchten Kehricht darum kümmern, dass anonymes Schwarzfahren strafverschärfend wirken kann. Wir, bis auf unsere Knochen Kreuzehrlichen, würden Herrn Kolkrabe gerne auffliegen lassen, doch siehe da, das tut er, samt seiner dunklen Vergangenheit, selbst. Es soll allerdings Personen geben, die, wenn sie ihm was-auch-immer nachsehen, dabei sogar zu ihm aufschauen. Ich gehöre ebenfalls dazu, bin aber, weiß der Geier weshalb, eine Schwanzmeise.

Eine Gedankenfreiheit

Jemand, der natürlich längst verstorben ist, soll einmal gesagt haben, die Gedanken seien frei, und er soll dies sogar schriftlich niedergelegt haben. Das ist freilich nicht zu glauben: Man mag dergleichen denken, aber es verlauten zu lassen, sollte bestraft werden, und zwar mit Freiheitsentzug nicht unter einer Minute. Einem Menschen, der einigermaßen frei ist, kann man es ansehen. Gedanken, die frei erscheinen, sind aber bestenfalls aus der Haft entlassene oder nie aus sich herausgekommene, kopfeingesperrte eben und hartnäckige Schädelinsassen. Und dann fragt sich, in welche Freiheit sie denn, wenn überhaupt, entlassen werden könnten. Während es jede Menge nachgemachte Gedanken gibt, also ziemlich gedankenlose, als Gedanken verkleidete Hinterherschlotterer, so begegnet einem doch ausgesprochen selten ein originaler Gedanke. Ich selbst habe noch nie einen gehabt, außer vielleicht den folgenden, dem

ich wahrscheinlich einfach noch nirgends begegnet bin. Die Gedanken sind doch frei. Sie sind von ihrem Gedankenmacher entlassen und wissen nicht, wohin. Immerhin müssen sie kaum jemanden fürchten, weil sie durchweg unerkannt bleiben.

Über Techniken des Mundöffnens

Die generelle Technik des Mundöffnens wird von der Mehrheit der Bevölkerung einigermaßen beherrscht, ohne dass sich alle darüber klar zu sein scheinen, was das Ganze eigentlich soll. Immer wieder kommt es beispielsweise vor, jemand will eine Rede halten und steckt sich, bevor es dazu kommt, eine Kartoffel in den Mund, kann sein auch bloß Teile derselben, zerquetscht oder frittiert, was der dadurch nicht recht oder nur undeutlich gehaltenen Rede vernehmlich schaden kann. Auch gibt es denjenigen und in Einzelfällen diejenige, welche den Mund öffnet, um zu essen und, vielleicht noch während des Hochhievens der Gabel, Verlautbarungen von sich gibt, bis das, was auf der Gabel spießt, kalt und öde ist und irgendwann lustlos in den mittlerweile mehrfach geschlossenen und wiedereröffneten Mund geschoben wird. Selbstredend gibt es auch ein Mundöffnen, das überwiegend die Zähne zeigen will, was oft unschön ist und deshalb behandlungsbedürftig.

Die Technik des vielfältigen Mundöffnens wird meist virtuos von Personen der Öffentlichkeit beherrscht, leider kommen dabei auch noch Töne heraus, die in manchen Fällen als Wörter oder gar Sprache gelten sollen. Mundöffnungsbewegungen zum Zweck des Küssens haben wenig gesellschaftliche Bedeutung und sind reine Geschmackssache, die gut bezahlt wird in Filmen mit hoher Einschaltquote. Ansonsten kann man beobachten oder es sein lassen; je geringfügiger die Mundöffnung, desto häufiger. Diejenige, um zu atmen, besagt in Erkältungskreisen etwas eher Schnaufendes und könnte, wie be- oder entgeisterte Anhänger behaupten, ansteckend sein. Seinen Mund zum Singen zu öffnen, kann Anwesenden Hören und Sehen vergehen lassen, was ein Segen sein mag. Auch gibt es welche, die öffnen ihren Mund, um selten Gewordenes zu demonstrieren, nämlich zu staunen. Selbst in diesen Ausnahmefällen schließt man den Mund recht rasch, um verschiedenen Tierarten keinen Unterschlupf oder lästig werdende Bruthöhlen zu bieten. In Fällen, die von den einen als traurig, von anderen als erfreulich erlebt werden, wird ein solcher Mund nie mehr geöffnet.

Wenig befremdliche Begegnungen

Durch das Menschengewühl und -geschiebe der Innenstadt sich hindurchzuschlängeln, war sein tägliches Brot, doch jeden Augenblick einen Bekannten zu treffen, war neu. Nach dem dritten wurde er aufmerksam und musste entdecken, ausschließlich von Bekannten umgeben zu sein. Nach allen Seiten Begrüßungen austeilend, versuchte er in eine Seitenstraße zu entkommen. Zum Glück waren da kaum Passanten, aber jeder, der ihm begegnete, war ein Bekannter. Er hätte nie gedacht, so viele Leute zu kennen. Aber mehr doch wohl nicht! Einmal musste endlich ein Unbekannter auftauchen. Obwohl er, so weit wie möglich, auf wenig belebten Nebenwegen den direktesten nach Hause wählte, begegnete ihm kein einziger Fremder. Sein Unbehagen versuchte er mit der Vorstellung zu besänftigen, er müsse träumen – als er um Haaresbreite von einem Auto angefahren wurde, hinter dessen Scheibe natürlich ein bekanntes Gesicht lauerte. Mit Macht versuchte er, über alle Personen

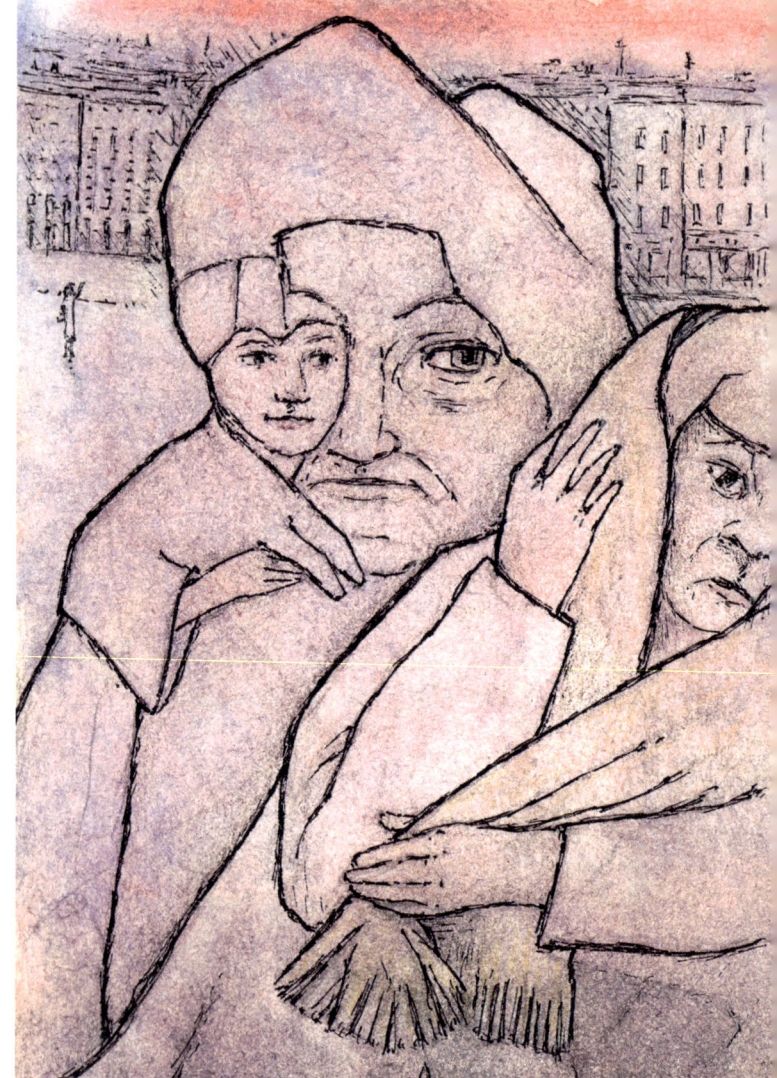

hinweg oder an ihnen vorbeizusehen. Vergeblich! Ein einziger Fremder hätte ihn erlösen können, wie er panisch sich einfallen ließ, doch dieser tauchte nirgendwo auf. Nicht allein das Sehen all dieser geläufigen Gesichter, sondern auch das ununterbrochene Gesehenwerden bereitete nie gekannte Pein. Noch war er etwa zwei Haltestellen von zu Hause entfernt, und in eine Bahn traute er sich am allerwenigsten, als er sich spontan Kappe und Schal kaufte und den bekannten Verkäufer wie flüchtig und zerstreut grüßte, um sich sogleich die Kopfbedeckung tief über die Augen und den Schal bis über den Mund zu ziehen. Gleich darauf packte ihn ein Bekannter aus sehr alter Zeit am Arm, riss ihm die Kappe vom Kopf und den Schal vom Hals, während er zischte, auf diese Weise käme er mitnichten durch. Ohne die eben erworbenen Bekleidungsstücke entschuldigte er sich und eilte weiter, das Grauen im Nacken, und wie er beim zitternden Aufschließen der Wohnungstür glühend ahnte, empfing ihn tatsächlich ein Fremder, der den Fassungslosen mit der Frage überraschte, ob auch ihm die Menschen mehr als je zuvor fremd vorkämen.

Beiträge gegen die Bevölkerungsexplosion

Bei mancher sich bietender Gelegenheit schoss ein Pistolenbesitzer in die sich gewissermaßen vor ihm auftuende Menge. In keinem Fall konnte man von gezielten Schüssen sprechen, ganz im Gegenteil waren die Schüsse niemals persönlich gemeint. Der Pistolenbesitzer war ein anerkannt liebenswerter und fürsorglicher Familienvater, den eben die ziemlich bekannte Bevölkerungsexplosion wahrscheinlich keineswegs kalt ließ. Nach seinen, wie gesagt, ungezielten Schüssen konnte man damit rechnen, dass der Pistolenbesitzer, als sei alles Weitere nur eine große, schwer erträgliche Peinlichkeit, unverzüglich verschwand. Reisende soll man nicht aufhalten, und der Pistolenbesitzer war ein leidenschaftlich Reisender, vornehmlich in unbekannte Gegenden, wo er sich stets durch ungezielte Schüsse, wenigstens vorübergehend, bekannt machte. Sein Verhalten erregte an manchen Orten Missvergnügen. Zwar scheute man sich, ihn offen anzugreifen, doch einzelne

Missfallensäußerungen blieben nicht immer aus. So soll ein Vorgartenpächter gar Schadenersatz gefordert haben, als ein Angeschossener in sein blühendes Blumenbeet sank. Selbst das, wenn auch nur kurze, Schussgeräusch zur Abendzeit wurde nicht überall gerne gehört. Trotz seiner anerkannt liebenswerten Art, die niemanden persönlich verletzen wollte, machte sich der Pistolenbesitzer in verschiedenen Ländern der Welt unbeliebt. Eines Abends, es war in Casablanca oder Genua, hatte er genug. Nach einem abschließenden Doppelschuss warf er seine Waffe in eine grüne Tonne und kaufte sich eine Wasserpistole. Genützt hat es ihm nichts, denn auch diese stieß nirgendwo auf Gegenliebe.

Eine vorzeitige Auseinandersetzung

Ein Zeitgenosse mutmaßte, die Zeit vergehe. Ja schon, kann sein zwei, kann auch sein zehn, zwölf Minuten später bekräftigte er, die Zeit sei nun vergangen. Dabeistehende lachten: Die Zeit solle vergehen, nein das war dann doch zu dumm. Aber der Zeitgenosse ließ sich nicht so leicht aus der Fassung bringen und betonte, die Zeit sei nicht zum ersten Mal vergangen, vielmehr gäbe es schriftliche Beweise, dass vor mindestens fünf Jahren bereits einmal in Alaska die Zeit vergangen sei. Selbstverständlich winkten die Dabeistehenden ab: Alaska war ihnen zu weit und vor allem eine Spur zu kalt. Auch nach dieser Ablehnung ließ der Zeitgenosse keinesfalls locker und rief: Schaut doch nur hin, ihr Pappnasen, da eben gerade vor euren Augen, nur wenige Meter vor euren Füßen, ist schon wieder Zeit vergangen, nicht viel, zugegeben, doch man muss sich heutzutage eben mit weniger zufriedengeben, zumal wenn es sich um ein Vergehen handelt.

Die Dabeistehenden gingen augenblicklich zum Angriff über und versicherten, möglicherweise rechtswidrig, sie hätten keine Zeit, und zwar kein bisschen, keine Minute, noch nicht einmal eine magere Viertelstunde. Da, die Ampel schaltete gerade auf grün, gab der Zeitgenosse zu, es sei ihm selbst einmal so gegangen, und zwar letzte Woche, am Mittwoch oder notfalls Donnerstag, hätte ihn die Tatsache wie ein Vorschlaghammer getroffen, keine Zeit zu haben. Allerdings habe die Angelegenheit nicht lange gedauert und er habe wieder über alle Zeit der Welt verfügt. Die Dabeistehenden, aufs Höchste gereizt, ließen ihn abblitzen: Letzte Woche, Mittwoch, Donnerstag oder gar Freitag, damit könne er ihnen nicht kommen. Letztes Jahr, ja auch kommende Woche, über Jahre, Jahrhunderte in die Zukunft hinein, das jederzeit. Ich bin ja kein Unmensch, lenkte der Zeitgenosse ein, aber ich muss noch zu einem Termin, den ich an Ort und Stelle so lange verschieben werde, bis er vergangen ist. Man verabschiedete sich in fortwährender Herzlichkeit und ein Dabeistehender sagte für alle sowie ein für alle Mal: Zum Glück haben wir keine Zeit zu verlieren.

Ein Maler

Ein Maler malte kleine, wenn nicht sehr kleine Bilder, die alles andere als Bildchen waren. Sie gefielen fast niemandem und sollten auch nicht gefallen. Wenige Menschen nur bekamen sie zu Gesicht, unter denen eines Tages ein wohlwollender Geschäftsmann war, der den Maler aufforderte, endlich über sich hinauszuwachsen, indem er größere Bilder malen möge. Der Maler war aber ein Maler. Auch war der Maler ein Mensch, der essen, kostenpflichtig wohnen und Leinwand haben musste, weshalb er schließlich größere Bilder malte. Man weiß, worauf das hinausläuft, und deshalb lassen wir den Maler, solange er noch ein Maler ist, sterben.

Mehr als bloß Verfolgungswahn

Aus vollkommen undurchsichtigen Gründen stellte man mir nach, man verfolgte mich geradezu, ja man schoss auf mich. Ich forderte Erklärungen, verlangte Entschuldigungen, aber, obwohl offensichtlich gelogen, tat man, als habe man damit nichts zu tun, als sei man halt beauftragt oder die Unschuld selber, und als ich einige bei Angriffen gegen mich auf frischer Tat ertappte, faselten sie von Verwechslungen, die jedem passieren könnten, versicherten, aus bestem Wissen und Gewissen gehandelt zu haben, um mich stets grußlos zurückzulassen. Meine Wunden musste ich höchstselbst alleine versorgen, der eine oder andere schwor gar Stein und Bein, er könne an mir keinerlei Verletzung erkennen, ich sähe vital und munter aus, und nebenbei ließe sich die rote Farbe mit Salz oder Ähnlichem leicht entfernen. Notfalls informierte man mich, mein Fleisch sei eben nicht mehr so fest gefügt, und auch andere würden sich an maroden Mauern oder schiefen Verkehrsschildern ohne weitere Umstände ein oder mehrere Male heftig stoßen. Man versicherte mich ihrer unverbrüchlichen Zuneigung oder Freundschaft, bevor man mir mit dem Knüppel eins über den Schädel gab. Und jetzt, da mein Krankenhausaufenthalt zu Ende geht und ich mich recht vergnügt fühle, sage ich mir aus gewachsener Einsicht heraus, ich bin höchstwahrscheinlich nichts als eine Comic-Figur.

Eine ganz schöne Kette aus Missverständnissen

Ein Missverständnis kann natürlich vorkommen, sogar nachkommen oder einfach bleiben, wo es ist. Die Geschichte indessen, die ich jetzt, vielleicht, erzählen möchte, ist eine Geschichte ununterbrochener Missverständnisse, eine Geschichte vollkommen frei von dem geringsten Verständnis, eine Beziehungsgeschichte also, man kann das Ganze auch Ehe nennen, aber es wäre ein außerordentliches Missverständnis, sie als eine unglückliche Ehe zu bezeichnen. Wie nun kaum anders erwartet werden kann, fing alles mit einem Missverständnis an, wenn man es breiter betrachtet, mit mehreren; beispielsweise hielten sich beide für sympathisch sowie liebenswert, ja sogar für liebesfähig. Missverständnisse sind nun selbstverständlich für alles andere als zum Ausräumen da. Die beiden schätzten ihre Missverständnisse und schätzten sie bereits in der ersten Übungsphase falsch ein. Wenn ich mitteilen würde,

es folgten weitere Missverständnisse, wäre das
insofern ein grundlegendes Missverständnis,
als, wie allerdings gesagt, ausschließlich weitere
Missverständnisse folgten. Die beiden fuhren
gut damit; sie lernten diese, was sie ansonsten
nie konnten, lieben. Nachkommen taten
das, was sie sollten: sie kamen. Und die
Frage, ob Missverständnisse erblich sind, soll
hier weniger berührt werden. Um, wegen der
Knappheit des Platzes sowie der Sichtweise,
nicht alle aufzuführen, sei nur noch so viel
erwähnt: Der Mann machte sich etwas vor,
die Frau machte es nach und beiden machte
es nichts aus. Zur unzerstörbaren Stabilisie-
rung ihres Verhältnisses stellten sich sowohl
Missverständnisse aus ihrer Vergangenheit
als auch über ihre Zukunft ein. Ein Missverständnis der besonderen Art ereignete sich, als
beide gleichzeitig die Scheidung einreichten.
Nach der Rechtsgültigkeit der Trennung und
der Begleichung sämtlicher Kosten haben
sie sich natürlich wieder neu geheiratet.

Die Lage des Verbrechens

Der moderne Mensch ist, wer will das bestreiten, von Verbrechen überfüttert. Es gibt einfach zu viele davon, das Übermaß verdirbt den Geschmack. Ein Einzelverbrechen ist kaum mehr genießbar. Höchste Zeit die Anzahl der Verbrechen zu begrenzen. Nicht mehr jeder oder gar jede dürfte jedes Verbrechen verüben. Es fehlt also ein Gesetz: Das willkürliche Begehen von Verbrechen in unbeschränkter Menge und auch noch von verbrechensunkundigen Personen müsste verboten werden, und zwar bei Strafe. Dann sähe die Welt, insbesondere die Verbrecherwelt, anders aus. Man sollte aber nicht über das Ziel hinausschießen. Schließlich würde sich der moderne Mensch in einer Welt ganz ohne Verbrechen nicht mehr zurechtfinden. Es wäre nicht mehr seine Welt. Das Verbrechensmonopol gehört wieder in die Hand des Staates, der dafür gewählt und bezahlt wird. Eine angemessene Anzahl von Staatsverbrechen, sauber ausgeführt, ordentlich aufgeklärt sowie rasche, doch nicht zu rasche Aburteilung der Täter sind unverzichtbar. Wer mit ein wenig gutem Willen hinschaut, kann erkennen, wir sind auf dem besten Weg.

Die Verschleppung der Gesundheit

Herr Damm fühlte sich durch und durch gesund, was ihn natürlich unglücklich machte. Dass es ihm körperlich gut ging, ging gerade noch, umso mehr machte ihm seine angebliche seelische Gesundheit zu schaffen. Es konnte sogar geschehen, er setzte sich unversehens auf einen Stuhl, tat gar nichts und fühlte sich auch noch wohl. Wohlgemerkt ohne irgendein Gerät anzustellen, nein es passierte tatsächlich, dass er fernsehfrei, musik- und sprachlos ein kaum zu dämpfendes Behagen empfand. Derartiges kostete freilich seinen Preis und konnte nur funktionieren, weil er irgendetwas unter-drückte, verdrängte oder verleugnete. War er ein besonders hartnäckiger Fall von überspielter Lebensuntüchtigkeit? Sein Krankheitsbild war diffus, ziemlich unerforscht und weitgehend unbekannt, also besorgniserregend, und zwar umso mehr, weil er sich lange Zeit keine Sorgen gemacht hatte und alles mit einer krankhaften Unbekümmertheit auch noch zu genießen

schien. Betrübt musste Herr Damm erkennen, dass er weder zu den Therapeuten noch zu den therapeutisch Betreuten gehörte, demnach einer zwischenmenschlichen Schicht anheimzufallen drohte, die es im Grunde gar nicht gab. Eigentlich hätte er sich gänzlich überflüssig fühlen müssen, zu seinem unentdeckten Leiden gehörte es jedoch, dass er sich dazu nur schwer durchringen konnte; zahllose Widerstände wären zu überwinden gewesen, die Herr Damm zu seinem Unglück keinerlei Lust hatte anzugehen. Sein Fall konnte einem das Gruseln lehren. Mehr und mehr zogen sich Freunde und Bekannte zurück, die sich mit ihren Beschwerden alleingelassen, gewissermaßen gekränkt vorkamen. Selbst Verwandte fingen an, jeglichen Kontakt mit ihm zu vermeiden, zumal es aus irgendeiner Ecke ruchbar wurde, Daniel Damm fühle sich allein wohler und wohler, bis gar das Gerücht umherschlich, er sei allen Ernstes ein glücklicher Mensch. Das war zu viel – und so konnte es nicht lange dauern, bis den ersten Mitmenschen der Kragen platzte. Er erhielt Drohbriefe und befand es nicht für nötig, diese auch nur mit einer einzigen Zeile zu beantworten. Aufforderungen gesundheitserregter Nachbarschaftsinitiativen, seine Gesundheit, nicht zuletzt seine geistige, untersuchen zu lassen, ignorierte er, zwar mit pflegebedürftig schlechtem Gewissen, doch brachte er den gerechten Zorn seiner Umwelt gegen sich auf. So verwunderte es niemanden, als er eines Tages unter die Räder kam. War er nicht mit seiner angeblichen Gesundheit praktisch längst am Ende und geschah es letztlich nicht in seinem eigenen Interesse? Jedenfalls war die Angelegenheit kein Fall mehr für das Gesundheitsamt.

Wettereinsichten des Ferdinand Frolts

Wer erinnert sich nicht an Ferdinand Frolts? Früh im Jahre schon gedachte er des Sommers, als kein Mensch mehr einen Pfifferling für dessen Kommen gab. Ja, Ferdi Frolts, wie ich ihn nennen möchte, war voller Voraussicht; er hielt stets mehrere Jahreszeiten für möglich, und das in unseren Breitengraden. Ferdi Frolts, ich sehe ihn noch, wie er mit T-Shirt und kurzer Hose strahlend im Schnee steht und an den heißesten Tagen seine Taigamütze schwenkt, um auf bevorstehende Veränderungen aufmerksam zu machen. Niemals hat sich Ferdi Frolts vom Augenblick blenden lassen. Sonnenbrillen trug er am liebsten im Dunkeln, vornehmlich an späten nebligen Herbsttagen. Für kurzfristige, wenn nicht kurzsichtige Wettervorhersagen, die kaum einen Monat umfassten, war er nicht zu haben. Er war begnadet, größere Zusammenhänge zu erkennen. Allein deshalb ist er in der Politik gescheitert, was ihn, weil

das wetterprognostisch als Fehlbekleidung erschien, keineswegs veranlasste, seinen Hut zu nehmen. Ich habe Ferdi Frolts einfach deshalb nie kennengelernt, weil ich leider viel zu sehr in der Zeit, insbesondere der Jahreszeit verhaftet bin, werde ihm persönlich jedoch alle Zeit dankbar sein, denn seine Voraussagen haben sich letztlich immer bewahrheitet. Mit einer Ausnahme vielleicht, als er nämlich nach seiner barfüßigen Besteigung des Matterhorns auf dem Gipfel, beinahe auch seines Lebenslaufes, einen warmen Frühling verkündete und, weil sich das zunächst nicht erfüllte, dort oben wie festgefroren ausharrt.

Das Romanvorhaben

Ein Mann, der sich vorgenommen hatte, einen
Roman zu schreiben, kleidete sich wie der
immer noch bekannte Schriftsteller Balzac,
aß mehr und mehr, um diesem ähnlich, wenn
nicht gleich zu werden und eignete sich dessen
Verhaltens- sowie Sichtweisen an, lernte
Französisch, lebte in Frankreich, wählte,
was eine Kunst war, nur Freundinnen, die
so hießen wie die von Balzac, führte weltbe-
kannte Briefwechsel und trank wahrhaftig
nicht zuletzt ungeheure Mengen von Kaffee.
Nebenher tat er noch so manches, was man
aus den Biografien von Balzac kennt, worunter
Sachen waren, die auch ein anderer als der
berühmte Franzose hätte tun können. Endlich,
nachdem er dick und unruhig genug geworden
war, begann er jenen geplanten Roman zu
schreiben, trank Unmengen Kaffee dazu, deren
Mischung er sich speziell zusammenstellen
ließ, schrieb Nächte hindurch, bis beinahe zur
völligen Erschöpfung, schrieb und schrieb,

wachte und trank, sah, wie seine Schrift kaffeebraun wurde, verschlang in den Pausen unmenschliche Massen von Speisen und kam zu einem Ende, an das er wohl nie gedacht hatte. Der Roman glich Wort für Wort einem von Balzac, und als er das erkannte, stellte er mit gelindem, nie mehr ganz vergehenden Schreck fest, was kaum mehr nötig gewesen wäre, dass er tatsächlich Honoré de Balzac war.

Karriere eines Künstlers

Ein Maler, erfüllt von farbigen, gut konturierten Gegenständen und Personen, wollte schon immer einmal ein Bild malen, doch jedes Blatt beziehungsweise jede Leinwand, die er vor seinen Pinsel brachte, war bereits vollgemalt. In seiner Not malte oder zeichnete er darüber, und wenn ihm zu viel auf der Fläche war, versuchte er durch Kratzen, Schaben, Radieren und Wischen sich einen Freiraum zu schaffen. Niemals zeigte er sich mit seinem Werk, das, wie er klagte, kaum das Seine war, zufrieden, vielmehr nahm er Mal um Mal seinen Anteil zurück, wischte, radierte und kratzte, bis niemals ganz, aber gelegentlich fast, das ursprüngliche Werk zurückgewonnen war. An einem undurchsichtigen Frühabend bekam er Besuch von einem Kunstfreund und einem Kunsthändler. Der erstere belehrte ihn, selbst bei anfangs leerer Bildfläche male kein Maler der Welt

ausschließlich sein eigenes Werk, worüber sich der vornehmlich kratzende Künstler freute, während der Kunsthändler seine flächenweise freigearbeiteten Werke abkaufen wollte, sofern er sie signiere. Fortan war sein Erfolg schwer aufzuhalten, wobei gerade der hochkünstlerische Schwung seines Namenszuges gelobt und verehrt wurde, sodass der Kunsthändler bewusst eine Spätphase einläutete, indem er leere Leinwände zur Verfügung stellte, auf die ausschließlich noch erkennbare Varianten des Namenszuges eingerückt wurden. In einer sternklaren Nacht, mag sein unter, wie man vermutete, Drogeneinfluss, konnte sich der soeben noch in einer Gesamtschau gefeierte Maler nicht enthalten, eine seiner leeren Leinwände mit einem selbst gemalten Bild auszufüllen. Der Kunstfreund fand das Werk beachtlich und jedenfalls bedeutender als alles zuvor Gemachte. Doch ein Fotograf in Begleitung eines Interviewers fotografierte es heimlich. Die Kunstwelt war entsetzt und fühlte sich getäuscht. Sein Marktwert fiel ins Bodenlose. Doch der allmählich in Vergessenheit geratende Künstler hatte längst ausgesorgt und bemalte für den Rest seines Lebens bloß noch die Rückseite von Bildern; Bilder, die sehr schön gewesen sein sollen und deshalb, gemäß seinem Letzten Willen, allesamt vernichtet wurden.

Anhang

Ulli Harth (Foto privat)

Ulli Harth

Ulli Harth (*1948) lebt als Freier Schriftsteller in Frankfurt.
Aphorismen, Satiren, Kurzgeschichten und Essays für Rundfunk und Zeitungen.

Bücher: Wörtliche Untaten (2. Aufl. 1981). Der Tod des Todes ist ein Scheintod (1980). Die unvollendete Sieben der Achterbahn. Miniaturgrotesken mit Grafiken von Jürgen Wölbing (1986). Untergang der Halligen (2. Aufl. 1992). Vom Zauber der Halligen (1993). Buchomat-Bucheditionen u. a. mit Jürgen Wölbing.

Dietmar Schwenck
(Foto von Daniela Vagt)

Dietmar Schwenck

Dietmar Schwenck (*1957), Gesamtkunstwerker und Multitalent in den Bereichen Malerei, Zeichnung und Illustrationen. Verfasser von Kurzgeschichten, Gedichten und Liedtexten („Das Lied, das niemand singt" für Georgette Dee); Restaurator für Gemälde und historische Theaterfiguren. Raum- und Bühnengestalter (Theater Kontraste, Hof). Ständige Ateliers in Flensburg (Haus des Offenen Kanals), auf Amrum und Teneriffa. Internationale Ausstellungserfolge in über drei Jahrzehnten künstlerischen Schaffens.

www.dietmar-schwenck.de

Bisher bei BoD erschienen:
Ein Spaziergang/Die Puppe ohne Kopf, Irene Müller/Dietmar Schwenck, 2015